SUMÁRIO

O médico desonesto..6
Os dentes do elefante...10
Ole Lukoie, o deus do sonho...................................14
A bola de cristal..18
Um cliente exigente..22
A rosa orgulhosa..26
As aves e o mar...30
O sábio velhinho..34
A raposa e o bode..38
A galinha Ruivinha...42
Os jarros de água..46
A aventura de Gulliver..50
O flautista de Hamelin..54
O barbeiro esperto..58
O médico dos passarinhos......................................62
A realeza requer sabedoria.....................................66
Suzana e a montanha...70
A viagem da orquestra dos animais........................74
O pombo esperto..78
O lenhador honesto..82
O trevo mágico..86
A gata e o rato velho..90

Agora Eu Consigo

LER

Contos da Vovó

O médico desonesto

Quando uma velhinha perdeu a visão, ela chamou um médico.

Ela prometeu lhe pagar uma grande quantia se ele a curasse, mas se ele falhasse, ela não lhe daria um centavo sequer.

O médico concordou. Ele iria à casa da velhinha todos os dias para o tratamento.

Acontece que o médico era ganancioso e desonesto. Ele começou roubando coisas valiosas da casa dela.

Todos os dias, ele levava uma coisa ou outra. E assim foi levando embora todas as coisas de valor da velhinha.

Por fim, quando a velhinha estava curada, o médico pediu seu pagamento.

A velhinha se recusou, dizendo que ela não havia sido curada totalmente.

O médico ficou furioso e a levou diante do juiz. Quando o juiz questionou a velhinha, ela disse que sua visão ainda não estava boa porque não conseguia ver as coisas de valor que possuía.

O juiz era sagaz. Ele compreendeu tudo e puniu o médico.

Leia estas palavras novamente:

VISÃO VALIOSAS
MÉDICO PAGAMENTO
QUANTIA TOTALMENTE
CURASSE FURIOSO
CENTAVO JUIZ
TRATAMENTO POSSUÍA
GANANCIOSO SAGAZ

Os dentes do elefante

Certa vez, um rato estava reclamando com Deus.

— Por que você me deu dentes tão pequenininhos, hein, Deus? Levo tanto tempo comendo qualquer coisa!

Deus respondeu:

— Vá olhar os dentes dos outros animais. Eu lhe darei os dentes que você gostar mais.

O rato começou a perambular pela floresta, olhando os dentes de cada animal que encontrava, mas ele não gostou de nenhum dente que viu.

Então, ele encontrou o elefante e gostou das grandes presas brancas que ele tinha. O rato disse ao elefante:

— Caro elefante, você deve ser muito feliz com seus longos dentes brancos.

— Ah, estes dentes são só para exibição, meu amigo — respondeu o elefante. — Não consigo comer nada com estes dentes. E eles são tão pesados!

O rato compreendeu que seus dentes eram perfeitos para ele. Ele agradeceu a Deus e nunca mais reclamou.

LEIA ESTAS PALAVRAS NOVAMENTE:

RECLAMANDO   PRESAS

PEQUENININHOS   EXIBIÇÃO

DENTES   COMPREENDEU

ANIMAIS   AGRADECEU

PERAMBULAR   PESADOS

NENHUM   GOSTAR

ELEFANTE   QUALQUER

Ole Lukoie, o deus do sonho

As melhores histórias do mundo são contadas por Ole Lukoie, o deus do sonho. Ele gosta muito das criancinhas. Ele gosta de contar belas histórias para as crianças enquanto elas estão dormindo.

Ole Lukoie se veste muito bem. Ele usa um casaco feito de seda que muda de cor conforme Ole Lukoie se vira de um lado para outro. Ele leva dois guarda-chuvas consigo o tempo todo — um com imagens na parte interna e outro sem imagens.

Todas as noites, Ole Lukoie aparece para as crianças sem fazer qualquer barulho.

Ele lança um pouco de pó mágico bem fininho nos olhos delas, para que não consigam ficar com os olhos abertos.

Daí, ele assopra gentilmente em seu pescoço, até que a cabeça delas comece a se inclinar.

Assim que as crianças estão dormindo, em sua cama, Ole Lukoie abre o guarda-chuva com imagens sobre as crianças boas, para que possam sonhar as histórias mais bonitas a noite inteira.

E ele abre o outro guarda-chuva sem imagens sobre as crianças travessas, para que acordem de manhã sem ter sonhado história alguma!

LEIA ESTAS PALAVRAS NOVAMENTE:

CRIANCINHAS   MÁGICO
HISTÓRIAS   FININHO
SEDA   ASSOPRA
GUARDA-CHUVA INCLINAR
IMAGENS   TRAVESSAS
BARULHO   GENTILMENTE
             MANHÃ
             PESCOÇO

A BOLA DE CRISTAL

Em um pequeno vilarejo de pastores, as pessoas viviam juntas, alegres e pacificamente. Nasir também vivia naquele vilarejo com sua família.

Um dia, enquanto o rebanho de Nasir estava pastando, ele viu uma luz brilhante em um arbusto. Lá ele encontrou uma bela bola de cristal com cores brilhantes de arco-íris. Assim que ele a apanhou, ouviu uma voz de dentro da bola:

— Faça um pedido e eu o realizarei.

Ele olhou para a bola de cristal cuidadosamente. A voz repetiu as palavras. Ele refletiu sobre aquilo e percebeu que ele era feliz com o que tinha.

Foi então que outro pastor do mesmo vilarejo, Gaspar, viu a bola de cristal e ouviu a voz. Quando Nasir adormeceu, Gaspar pegou a bola de cristal dele e foi até o vilarejo.

Os habitantes desejaram muitas coisas: ouro, dinheiro, casas grandes.

Todo mundo queria mais do que os outros tinham. Eles ficaram com inveja uns dos outros e começaram a brigar.

Gaspar percebeu seu erro. Ele devolveu a bola a Nasir.

Ao ouvir isso, Nasir desejou que os habitantes vivessem juntos do jeitinho que era antes. E, em um piscar de olhos, todos passaram a viver felizes e pacificamente juntos.

Leia estas palavras novamente:

VILAREJO	ADORMECEU
PASTORES	HABITANTES
PACIFICAMENTE	INVEJA
REBANHO	BRIGAR
PASTANDO	JEITINHO
BRILHANTES	PISCAR
ARCO-ÍRIS	DESEJOU

Um cliente exigente

O velho Hans era um homem exigente. Ele queria que sua comida fosse preparada de um modo particular e servida de uma maneira que agradasse a seus sentidos. Quando jantava fora, em um restaurante, ele levava os garçons às lágrimas com suas exigências irracionais. Porém, já que era um homem rico e influente, ninguém ousava negar-lhe algo.

Um dia, ele foi a um restaurante fino para apreciar um jantar de ostras.

— Senhor — ele exigiu para o garçom — por favor, assegure-se de que as ostras não sejam nem muito grandes nem muito pequenas, nem muito salgadas nem muito doces, nem muito gordas nem muito magras.

O garçom anotou suas instruções detalhadas. Então, passado algum tempo, o garçom perguntou em voz clara, de modo que os outros que jantavam pudessem ouvir:

— Certamente, senhor. Permita-me perguntar, o senhor gostaria das suas ostras com ou sem pérolas?

Nunca antes alguém tinha enfrentado as exigências do velho Hans.

Ele percebeu o quanto suas exigências eram tolas e parou de fazê-las para sempre!

Leia estas palavras novamente:

EXIGENTE

MODO

SERVIDA

PARTICULAR

RESTAURANTE

GARÇONS

LÁGRIMAS

IRRACIONAIS

INFLUENTE

APRECIAR

OSTRAS

SALGADAS

INSTRUÇÕES

PÉROLAS

A rosa orgulhosa

Em uma floresta, havia uma roseira. Ela tinha muito orgulho de sua beleza. Perto da roseira, havia um cacto. A rosa vermelha costumava dizer coisas ofensivas para o cacto.

Um dia, um pinheiro disse:

— Cara rosa, você é muito linda, mas por que é tão malvada com o cacto?

— Porque sou a planta mais bonita e importante da floresta e o cacto é o mais feio de todos. Ele é cheio de espinhos! — respondeu a rosa.

— Você também tem espinhos. O cacto também é importante e tem sua própria finalidade na vida.

No entanto, a rosa vermelha não parava de dizer coisas ofensivas para o cacto.

Logo veio o verão e ficou muito quente.

Um dia, a roseira viu um passarinho fazer um buraco no cacto e beber água dele.

— Não dói quando os pássaros cutucam você? — perguntou a rosa.

— Sim, dói! — respondeu o cacto. — Mas não quero que eles fiquem com sede. Você também pode pegar um pouco de água de mim, para que não se resseque.

A rosa se sentiu envergonhada por ter dito coisas ofensivas ao cacto e se desculpou.

Leia estas palavras novamente:

FLORESTA

ROSEIRA

ORGULHO

OFENSIVAS

CACTO

PINHEIRO

MALVADA

FINALIDADE

VERMELHA

VERÃO

BURACO

RESSEQUE

ENVERGONHADA

DESCULPOU

Um casal de faisões vivia perto do mar. A esposa estava prestes a botar os ovos. Então, ela disse ao seu esposo:

— Temos que procurar um lugar seguro para os ovos. Em noites de lua cheia, há enormes ondas no mar. Elas podem levar nossos ovos.

Porém, o marido achou que sua esposa estava sendo tola.

— O mar não tem poder para nos machucar. Você não deve se preocupar. Apenas bote seus ovos aqui.

Contra sua vontade, a ave botou seus ovos perto do mar. Só que o mar havia escutado tudo isso. Então, no momento em que as aves saíram para procurar comida, o mar enviou uma onda enorme para varrer todos os ovos embora.

Quando as aves retornaram e não encontraram seus ovos, ficaram tristes. O marido percebeu seu erro e os dois foram para algum outro lugar seguro.

Leia estas palavras novamente:

CASAL	COMIDA
FAISÕES	OVOS
ESPOSA	MOMENTO
PRESTES	VARRER
ESPOSO	ONDA
MACHUCAR	NOITES
AVES	ENORMES

O QUE VOCÊ VÊ AQUI?

 RATO

 PÁSSARO

CACTO

GUARDA-CHUVA

 BONECA

Um sábio velhinho estava caminhando por aí quando viu um rapaz atirando pedras em um pobre cão. O velhinho chamou o rapaz e pediu-lhe que tirasse um naco de capim do solo.

O rapaz arrancou o capim e o deu ao velhinho.

Aí ele pediu ao rapaz para arrancar uma plantinha. O rapaz a arrancou com facilidade. Então, o velhinho apontou para uma planta levemente maior e pediu ao rapaz para arrancá-la. O rapaz segurou a planta e puxou com um pouco mais de força, para retirá-la do solo.

Assim que isso foi feito, o velhinho pediu ao rapaz para arrancar um arbusto. O rapaz usou toda sua força e, depois de algum esforço, conseguiu arrancar.

Por fim, o velhinho apontou para uma árvore e pediu ao rapaz para arrancá-la.

O rapaz olhou para a árvore e disse:

— É impossível arrancar esta árvore!

— O mesmo acontece com maus hábitos — disse o velhinho. — Quando eles são jovens e pequenos, é fácil arrancá-los, mas quando já desenvolveram raízes fortes, você não consegue se livrar deles.

O rapaz compreendeu o que o velhinho estava dizendo. Ele havia aprendido a lição e nunca mais fez algo errado.

Leia estas palavras novamente:

VELHINHO

CÃO

RAPAZ

NACO

PLANTINHA

FACILIDADE

LEVEMENTE

FORÇA

ARBUSTO

IMPOSSÍVEL

HÁBITOS

RAÍZES

JOVENS

LIÇÃO

A raposa e o bode

Certa vez, uma raposa caiu dentro de um poço e, embora não fosse muito profundo, pensou que não conseguiria sair. Depois de ter ficado dentro do poço por um longo período, um bode passou por ali.

O bode achou que a raposa havia entrado no poço para beber e, então, perguntou se a água era boa e se poderia entrar e beber um pouco também.

— É a água mais divina que você encontrará na região inteira! — disse a astuta raposa. — Salte para dentro e prove-a. Há mais do que o suficiente para nós dois.

O bode, sedento, imediatamente pulou para dentro e começou a beber. A raposa, mais que depressa, saltou nas costas do bode e, pulando da ponta dos chifres do bode, conseguiu sair do poço.

O tolo bode agora viu o dilema no qual havia se metido e implorou à raposa para ajudá-lo. Porém, a raposa já estava a caminho da floresta.

— Se você tivesse tanto juízo quanto tem de barba, velho companheiro — disse a raposa enquanto corria — você teria sido mais cuidadoso em achar um jeito de sair antes de ter pulado poço adentro.

Leia estas palavras novamente:

POÇO

PROFUNDO

PERÍODO

BODE

BEBER

ENTRAR

DIVINA

REGIÃO

SUFICIENTE

SEDENTO

DEPRESSA

CHIFRES

DILEMA

COMPANHEIRO

A galinha Ruivinha

Em uma fazenda, vivia uma galinha que tinha penas vermelhas. Por isso, era chamada de Ruivinha.

Um dia, uma raposa viu Ruivinha na fazenda. Ela desejou devorar a bela galinha, por isso disparou para casa e colocou um pote de água no fogo. Depois, retornou para a fazenda com um saco.

Ela entrou sorrateiramente na fazenda, pegou Ruivinha e a colocou dentro do saco. Pita, a pombinha amiga de Ruivinha, viu tudo isso. Ela então voou até a floresta e se deitou no caminho, agindo como se tivesse uma asa quebrada.

Quando a raposa chegou ali, ficou maravilhada ao ver a pombinha. Colocou o saco no chão e começou a caminhar em direção a Pita. Nesse meio tempo, Ruivinha escapou do saco. Ela colocou uma pedra pesada no saco e saiu correndo. Assim que Ruivinha estava a salvo, Pita também saiu voando.

A raposa então voltou ao seu saco, apanhou-o e foi para casa. Ela esvaziou o saco no pote de água fervente. Quando a pedra caiu dentro da água fervente, respingou toda a água quente na raposa e a queimou!

Leia estas palavras novamente:

PENAS — POMBINHA

QUEIMOU — DIREÇÃO

VERMELHAS — ESCAPOU

DEVORAR — ESVAZIOU

DISPAROU — FERVENTE

AGINDO — FOGO

QUEBRADA — RESPINGOU

Os jarros de água

Um carregador de água tinha dois jarros. Um deles era antigo e estava rachado.

O carregador de água enchia os dois jarros com água, quando chegava a sua casa, o jarro rachado estava pela metade. A outra metade da água vazava pelo caminho. O jarro rachado ficava envergonhado.

Um dia, ele se desculpou com o carregador de água, por não ser capaz de funcionar adequadamente.

O carregador de água sorriu e disse:

— Meu caro amigo, amanhã, quando voltarmos para casa, por favor, olhe o caminho ao seu lado.

Então, no dia seguinte, o jarro rachado fez como lhe foi pedido. E ele ficou surpreso ao ver que em seu lado do caminho havia muitas flores bonitas e capim verde! Já o solo no lado do jarro perfeito estava seco.

O carregador de água disse:

— Eu sempre soube sobre a rachadura em sua superfície. Por isso, eu espalhei estas sementes no seu lado do caminho. Por esse tempo todo, você tem regado estas sementes e ajudado com o desenvolvimento destas lindas flores.

O jarro rachado compreendeu que, mesmo com sua superfície rachada, ele era tão importante quanto o jarro perfeito.

Leia estas palavras novamente:

CARREGADOR   SURPRESO

ANTIGO   CAPIM

RACHADO   SOLO

ÁGUA   ESPALHEI

DESCULPOU   SUPERFÍCIE

VOLTARMOS   IMPORTANTE

CAMINHO   PERFEITO

A aventura de Gulliver

Gulliver era um homem simples e generoso, que gostava de pescar no mar.

Um dia, ventos tempestuosos do mar lançaram seu barco para lá e para cá nas ondas e seu barco afundou. Gulliver se segurou em uma tábua de madeira e foi levado para a praia de uma ilha distante. Exausto, ele adormeceu na areia da praia.

Quando acordou, percebeu que estava amarrado com centenas de cordas por um exército de homenzinhos, não maiores do que seu dedo mindinho. Quando o rei deles chegou, Gulliver implorou:

— Sou apenas um simples pescador, por favor, deixem-me partir. Não desejo mal a vocês!

O rei de Lilliput era justo e bondoso, então ordenou que seu exército trouxesse alimento para Gulliver e fez para ele um abrigo. Gulliver estava encantado com os novos amiguinhos que viviam na terra de Lilliput e o estilo de vida dos liliputianos.

Alguns dias depois, navios inimigos ameaçaram a terra de Lilliput. Gulliver foi até a praia e, simplesmente, assoprou-os para longe com seu fôlego gigantesco! Os liliputianos vibraram por ele e foram muito gratos!

Os mais renomados engenheiros montaram uma jangada para que Gulliver pudesse retornar para casa, em segurança, e reencontrar sua família!

Leia estas palavras novamente:

GENEROSO

TEMPESTUOSOS

ONDAS

TÁBUA

ILHA

CENTENAS

AMARRADO

ABRIGO

HOMENZINHOS

FÔLEGO

GIGANTESCO

MINDINHO

AMIGUINHOS

JANGADA

O flautista de Hamelin

Muito tempo atrás, a cidade de Hamelin estava infestada de ratos.

O prefeito de Hamelin anunciou que qualquer um que livrasse a cidade dos ratos seria ricamente recompensado com mil moedas de ouro.

Logo, no dia seguinte, um estranho homem, todo vestido de vermelho, entrou na cidade e declarou:

— Tocarei melodias mágicas na minha flauta e levarei todos os ratos para as montanhas!

E assim ele fez! Porém, quando pediu ao prefeito sua recompensa, o prefeito retrucou:

— Nós lhe daremos apenas quarenta moedas!

O flautista jurou vingança e começou a tocar outra melodia mágica.

Dessa vez, todas as crianças da cidade começaram a segui-lo para as montanhas. Os habitantes da cidade lamentaram por suas crianças e o prefeito implorou ao flautista para fazer as crianças retornarem.

E assim ele fez! E, dessa vez, pagaram-no como prometido!

Leia estas palavras novamente:

RATOS

PREFEITO

MELODIAS

FLAUTA

RECOMPENSA

RETRUCOU

VINGANÇA

HABITANTES

IMPLOROU

RETORNAREM

LIVRASSE

INFESTADA

RICAMENTE

O BARBEIRO ESPERTO

Certa vez, um barbeiro estava passando pela floresta. Ele tinha esperanças de que não encontraria nenhum animal perigoso e chegaria a salvo em sua casa. No entanto, depois de caminhar certa distância, ele se deparou com um leão.

O barbeiro teve uma ideia. Ele foi até o leão e disse:

— Aí está você. E eu estive procurando você por toda a floresta.

O leão ficou meio embasbacado com o que o barbeiro disse.

— Por que você estava me procurando? — perguntou o leão.

— O rei me pediu para capturar dois leões para ele. Peguei um e agora você será o segundo.

Tendo dito isso, o barbeiro retirou um espelho de sua mochila e o colocou em frente ao leão.

O leão viu seu reflexo no espelho e pensou que fosse o outro leão de que o barbeiro estava falando. Então, ele imediatamente fugiu, com receio de que o barbeiro o pegasse. E assim o barbeiro esperto conseguiu se salvar.

Leia estas palavras novamente:

BARBEIRO — REFLEXO

ESPERANÇAS — IMEDIATAMENTE

PERIGOSO — FUGIU

DISTÂNCIA — NENHUM

CAPTURAR — DEPAROU

ESPELHO — CAMINHAR

MOCHILA — RECEIO

O MÉDICO DE PASSARINHOS

Era uma vez um homem que gostava muito de passarinhos. Ele tinha construído um belo lugar para os passarinhos ficarem. Ele podia lhes dar sementes e água fresca todos os dias.

Um dia, o homem teve que partir para fazer um trabalho. Quando ele estava fora, um ganancioso gato foi até o lugar dos passarinhos. Ele bateu à porta e disse:

— Sou o médico de passarinhos e vim examinar todos vocês. O homem bom me enviou.

Os passarinhos eram inteligentes. Eles sabiam que era o gato que viera para devorá-los. Então, decidiram fazer uma pegadinha. Todos os passarinhos se empoleiraram nas árvores e esperaram pelo gato. Um deles abriu a porta e se juntou aos seus amigos. Quando o gato entrou, todos os passarinhos o atacaram e o bicaram. Imediatamente, o gato fugiu para salvar sua vida e nunca mais retornou.

LEIA ESTAS PALAVRAS NOVAMENTE:

PASSARINHOS   EMPOLEIRARAM

CONSTRUÍDO   JUNTOU

SEMENTES   BICARAM

GANANCIOSO   INTELIGENTES

GATO   RETORNOU

EXAMINAR   SALVAR

MÉDICO   TRABALHO

O QUE VOCÊ VÊ AQUI?

FLAUTISTA

GATO

GALINHA

LEÃO

JARRO

MENINO

A realeza requer sabedoria

Nos confins de uma floresta, o leão anunciou que estava velho demais para ser rei. Ele decretou que os animais escolhessem um rei para eles.

Os animais eram um bando democrático e votaram naquele que mais amavam. Todos votaram no macaco mais engraçado. Eles o amavam porque ele os fazia rir!

Quando o macaco ouviu que tinha se tornado rei, balançou de árvore em árvore de alegria. Ele se esbaldou e curtiu!

Os animais vibraram enquanto ele os entretinha! Todos riam de suas palhaçadas e declararam que tinham feito uma excelente escolha.

Todos, exceto uma raposa astuta, que não conseguia aceitar um macaco como rei.

Um dia, ela encontrou uma armadilha de caçador com um pedaço de carne. A raposa levou o rei macaco até a armadilha e mostrou o pedaço de carne, proclamando sua lealdade como uma súdita que não tocaria na carne designada para o rei. O rei macaco ficou encantado e agarrou a carne. Ele caiu na armadilha! A raposa saiu caminhando com desdém, dizendo:

— A realeza requer sabedoria!

Leia estas palavras novamente:

CONFINS — EXCELENTE
ANUNCIOU — CURTIU
BANDO — ASTUTA
ENGRAÇADO — LEALDADE
RIR — SÚDITA
ESBALDOU — DESIGNADA
PALHAÇADAS — REQUER

Suzana e a montanha

Há muito tempo, viveu uma família na encosta de uma montanha. Enquanto a mãe e o pai trabalhavam duro nos campos, suas filhinhas adoravam brincar e correr montanha abaixo.

Só que muitos lobos perigosos viviam nesta encosta da montanha e, assim, as irmãzinhas tomavam muito cuidado para sempre ficarem juntas.

Um dia, enquanto as irmãs mais velhas estavam ocupadas tricotando cachecóis coloridos, a caçula saiu para brincar sozinha. Ela saltitava, alegremente, pelo caminho e sem saber se movia cada vez mais para longe de casa.

Pouco depois, suas irmãs perceberam que ela não estava em lugar algum e foram à sua procura. Elas a viram girando sua pequena saia no pé da montanha e ficaram fora de si de preocupação de que um lobo pudesse chegar até ela antes delas! Entretanto, a caçula era uma mocinha esperta e berrou até ficar rouca! Segura, de volta ao lar, ela contou para a família:

— Fiz aquela barulheira toda para que os lobos pensassem que havia dez menininhas ali fora, não apenas uma!

Leia estas palavras novamente:

MONTANHA

MÃE

CAMPOS

FILHINHAS

ENCOSTA

IRMÃZINHAS

CAÇULA

SAIA

MOCINHA

ENTRETANTO

PERIGOSOS

ESPERTA

BARULHEIRA

ROUCA

A VIAGEM DA ORQUESTRA DOS ANIMAIS

Era uma vez uma orquestra de animais! O urso tocava a flauta, os macacos tocavam os violinos, a zebra tocava a harpa, o leão tocava o trombone, o hipopótamo tocava o tambor, o veado tocava o piano, o rinoceronte tocava o violoncelo e a girafa era o maestro que os conduzia. Eles faziam belas músicas e viajavam o mundo dando concertos em seu próprio navio: o "Concerto"!

Um dia, ondas de tempestade atingiram o navio deles e os animais tiveram que abandonar o navio e nadar até a praia. Eles nadaram para salvar sua vida, mas se certificaram de que todos trouxessem junto seus instrumentos. Foram parar em uma ilha deserta e, após procurarem, encontraram todo tipo de fruta deliciosa!

Aves amistosas da ilha os ajudaram a construir um abrigo com folhas de palmeiras e lhes ensinaram a alegre canção das aves da ilha. Eles, então, comeram amoras e cocos e decidiram fazer um concerto para as amistosas aves da ilha. Bem quando estavam tocando seus instrumentos, um navio no mar tocou sua buzina! Ele tinha ouvido o som doce e familiar dos instrumentos e estava a caminho para resgatar os animais e o navio "Concerto"!

A orquestra ficou encantada e prometeu para as aves da ilha que iriam incluir sua canção das aves em cada um de seus concertos!

Leia estas palavras novamente:

ORQUESTRA — VIOLONCELO

MACACOS — MAESTRO

ZEBRA — CONCERTOS

HARPA — AMISTOSAS

TROMBONE — BUZINA

HIPOPÓTAMO — CANÇÃO

RINOCERONTE — INSTRUMENTOS

O POMBO ESPERTO

Certa vez, havia um pombo que podia falar a linguagem dos seres humanos. Seu dono era um homem malvado, que mantinha o precioso pombo engaiolado. O educado pombo o mantinha entretido com sua sábia conversa. O pombinho ansiava ser livre e sonhava com sua família, que voava livre em uma floresta distante.

Um dia, quando o homem saiu para viajar para longe, o pombo implorou a ele:

— Querido dono, mande minhas lembranças para qualquer um da minha família de pombos que o senhor possa encontrar em suas viagens!

Estranhamente, todos os pombos que o homem encontrava fingiam estar mortos assim que o avistavam. Assim que ele tentava falar com eles, eles caíam no chão e fechavam os olhos. Quando o homem retornou para casa, ele contou ao pombo:

— Todos os seus amigos pombos fingiram estar mortos, então, não pude desejar-lhes nada em seu nome.

Na manhã seguinte, quando o homem acordou, ele viu seu pombo morto na gaiola. Cruelmente, ele o arremessou pela janela e, assim que o pombo saiu das mãos dele, voou embora!

Leia estas palavras novamente:

LINGUAGEM   CONVERSA

SERES   DISTANTE

HUMANOS   LONGE

ENGAIOLADO   VIAGENS

ENTRETIDO   AVISTAVAM

SÁBIA   GAIOLA

FAMÍLIA   ARREMESSOU

O lenhador honesto

Certa vez, um lenhador esforçado estava cortando uma árvore nas margens de um rio. De repente, seu machado caiu dentro da água. O pobre lenhador ficou desanimado e caiu em desespero. Seu precioso machado era seu único meio de sustento! Foi então que uma fada da floresta passou por ele e lhe perguntou por que ele estava tão preocupado.

O lenhador lhe contou sobre seu machado perdido. A fada da floresta mergulhou no rio e retornou com um machado de ouro. Ele brilhava e reluzia ao sol.

— Este é o seu machado? — ela perguntou.

— NÃO! — RESPONDEU O LENHADOR.

A FADA DA FLORESTA MERGULHOU NOVAMENTE NO RIO E VOLTOU COM UM MACHADO DE PRATA.

— ESTE TAMBÉM NÃO É O MEU MACHADO! — DISSE O LENHADOR AO VÊ-LO.

A FADA DA FLORESTA MERGULHOU NO RIO PELA TERCEIRA VEZ E APARECEU COM O SIMPLES MACHADO DO LENHADOR.

— SIM! — GRITOU O LENHADOR, FORA DE SI DE ALEGRIA. — ESTE MACHADO É MEU!

A FADA DA FLORESTA FICOU TÃO CONTENTE COM A HONESTIDADE DO LENHADOR, QUE LHE DEU DE PRESENTE TAMBÉM O MACHADO DE OURO E O DE PRATA.

Leia estas palavras novamente:

LENHADOR   PRATA

CORTANDO   SIMPLES

MACHADO   ALEGRIA

DESANIMADO   CONTENTE

SUSTENTO   OURO

PREOCUPADO   MERGULHOU

RELUZIA   ÚNICO

O trevo mágico

Certa vez, uma garotinha feliz encontrou um trevo de quatro folhas no pátio da escola. Ela tinha ouvido falar que um trevo de quatro folhas dava sorte! Então, levou o trevo para seu avô e pediu que ele o guardasse para ela em um lugar seguro.

Só que vovô era um sujeito prático e nada supersticioso! Ele tentou convencer sua netinha de que não havia essa coisa de amuleto da sorte, mas ela não deu atenção alguma!

Ao longo da semana seguinte, a garotinha se saiu muito bem na escola, mamãe lhe comprou um vestido novinho em folha e papai planejou um piquenique para ela.

Ela tinha certeza de que tudo isso era por causa de seu trevo de quatro folhas!

Naquele fim de semana, vovô lhe contou que seu trevo de quatro folhas tinha saído voando com a brisa na semana anterior.

— Você entende agora, minha querida garotinha? Todas as coisas boas que têm acontecido com você não eram por causa daquele trevo. Foi tudo por causa do seu esforço!

LEIA ESTAS PALAVRAS NOVAMENTE:

GAROTINHA

TREVO

PÁTIO

VOVÔ

FOLHAS

ESCOLA

SUJEITO

SUPERSTICIOSO

NETINHA

AMULETO

NOVINHO

PIQUENIQUE

BRISA

ESFORÇO

A gata e o rato velho

Uma gata estava procurando ratinhos para comer. Ela chegou a uma casa antiga em que viviam muitos ratos. Ela bolou um plano: deitou-se no chão e fingiu estar morta. Foi então que alguns ratos saíram de suas tocas. Eles viram a gata no chão e acharam que estava morta.

Os ratinhos pequenos queriam se aproximar da gata e tocá-la, mas um rato velho os impediu.

— Um gato tem sete vidas. Você nunca sabe quando esta gata ficará viva novamente — disse o rato velho.

Para ver se a gata estava mesmo morta ou não, ele pediu para alguns jovens ratos pegarem um saco de farinha. Então, ele levou o saco até um lugar mais alto e o jogou sobre a gata. Aí, ela começou a espirrar!

E assim os ratinhos foram salvos da gata.

Leia estas palavras novamente:

ANTIGA   APROXIMAR

VIVIAM   IMPEDIU

CHÃO   VELHO

FINGIU   FARINHA

SAÍRAM   SACO

TOCAS   ALTO

MORTA   ESPIRRAR

O que você vê aqui?

FADA

POMBO

RAPOSA

PAVÃO

AVÔ